澁谷義人第二歌集

ハイスクール

澁谷義人

澁谷義人第二歌集

ハイスクール

三百の新入生に問いかける青春賭ける夢はあるかと

目次

洗えども

シャコタンをふかして生徒会長があいさつに来る赴任夕刻

ピンク色のバイク飛ばして中退生、新人教師を値踏みに来たり

うどん屋で働くケンジは午後五時に「おはようさん」とあいさつに来る

揖斐《いび》川の向こうの生徒は名古屋弁、伊勢の会話に波長が合わぬ

洗えどもとれぬ油の付いた爪　その手を隠し子は登校す

つっぱりの子がうつむいて門を入る全日《ぜんにち》制の子とすれ違う時

母親と同い年の女生徒を初任のわれはさん付けで呼ぶ

自衛隊やめて定時《ていじ》制に入学の無職の彼はいつもひとりだ

ベトナムの話をすれば乗り出して息のみ聴き入るサチコケンジら

われと似た病の生徒が胸を張り未来語りぬ弁論大会

数学はだめでもほかにできることときっとあるはず養護の諭す

夜食費を払えぬ生徒に大学の進学勧めていいのだろうか

旋盤でけがした指で靴選ぶ　最後の定通《ていつう》大会控え

「うるせーなー、どうせ辞めたる」言いし子がタバコ取り出し吸い始めたり

十人の教師すべてを下の名で呼ぶ女生徒の傷増えている

二人きりセンセーとなら飲んでいい離婚の女生徒笑って誘う

やぐら組み浴衣に着替え手を上げてＹＭＣＡ　さあ踊ろうよ

大阪の工業高校の男子らと同じホテルだ気の引き締まる

生徒らに拍手相槌ないことをガイドにわびるトイレ休憩

学校に行けぬ頃をユミ語る　初任のわれだけ心許して

母親を殴り手首を切りし過去　二十一歳《にじゅういち》でやっと話せたと

全《ぜん》、定《てい》、分《ぶん》忘年会の百五人定時の先生幅を利かせる

校長は乾杯だけと指示をせし分会長が教育を説く

子はいない孫ならいますと生徒言う結婚相手の子が子を産んで

子を産めば身体の線がゆるむから私は産まない　生徒明るく

戦いに

兵庫県に移ればすぐに沸き起こる入試改ざん校門事件

昼休み拉致問題を質問の生徒の瞳に涙満ちてる

慰安婦と南京事件の説明に言葉を選んで話せなくなる

戦争を全否定せし女生徒が「フセイン殺せ」と突如言い出す

戦いに正義あるのか問うわれの二つの眼を生徒見つめる

露国との戦争回避の是非めぐる歴史ディベートに生徒食いつく

肯定の立場で主張の生徒らが戦争回避の論拠を探る

反駁の作戦を練る子らの目の輝き増せり明日は本戦

スラム街の貧しさ話せば「差別的」と主催自治体に注意されたり

中国と北朝鮮の指導者の写真ふざけて貼る子を諭す

「暗記物」を否定しつつも穴埋めの多い中間考査をつくる

わが授業をつまらぬと言い本閉じぬクラスで一番できる生徒が

曇りガラスの「シブタニやめろ」の落書きに気付かぬ振りして授業進める

ボーナスをはたいて買いしワープロのインク使わぬままに捨てたり

よかよか

まだ会わぬ生徒を想い書きつづる学級新聞「海鳴一号」

明日未来希望童夢の名の並ぶ新学年の名列を打つ

昨日とは違う香りの教室に笑顔の女生徒ひとり見つける

野球部のいがぐり頭が大声で村上春樹の音読をする

『山月記』李徴はどうして虎になるベテラン教師ゆっくりと問う

百人の女子にまじりて男子二人入浴介護に水着でのぞむ

カメムシの多い年は大雪と外国語指導助手《ALT》が生徒に話す

自己新を出したと喜ぶ女生徒の肩甲骨が夕日に光る

「日中の架け橋になる」張君の志望理由に花丸つける

営業の教え子まことに饒舌であの朴訥なカトウと思えぬ

学年費の督促状を渡す家　奥の工場の諍い聞こゆ

文化祭四十人の目の注ぐドミノ倒しの最後の一押し

新任の教師の熱唱三曲目　文化祭だぞ生徒にやらせろ

スウェーデンリレーで競うアンカーのわれ負けられず　がむしゃらにやる

雨の中騎馬戦続けし男子らは「止め」の合図で雄叫びあげる

生徒会会長候補は公約にポケベル自由を掲げ選ばれる

生徒会副会長はセーラーを腕まくりして改革を説く

消去でなく削除だろうと思いつつ規約改正の生徒総会

「ジンソク」とわが顔見れば言う子らは表情までもわれの真似する

見た目より量が欲しいと男子らは老舗旅館の夕食の後

被爆後の永井博士の子の話男子生徒も涙流しぬ

楼閣を見上げる子らは古代人吉野ケ里吹くコスモスの風

大宰府ゆえ花は梅だと説くわれに女生徒ふたたびなぜかと問いぬ

参拝は二礼二拍手一礼と男子生徒に模範を示す

ガイドとの別れを惜しんだ生徒らが「よかよか」と言いのぞみに向かう

夢を持て

バルセロナ五輪の陣内貴美子さん初心者褒めて笑顔もくれる

大会を前にけが人また増えて夢でも三度作戦を練る

地区優勝ごときで喜ぶことなかれ　言いし私もまんざらでない

「県大会　挑戦者たれ」部室前に大きく貼り出す　都会に負けるな

メモを見て頑張りますの小声なる壮行会に喝を入れたり

常勝のチームに気おくれするでない　言い聞かせつつベンチに入る

クレバーな対戦相手の戦略にどろくさくやる　ともかく拾え

都心部の進学校に圧勝の夜には一人祝杯挙げる

高校でバドを始めた男子ペア県三位になる　どんなもんだい

団体戦あと一点の惜敗に男子は誰も食事摂らない

先発のオーダーミスを悔やみたり神戸から帰る三時間半

激励で言うんでなかった「対戦の相手が大きく見えたらだめ」と

捻挫せし女生徒ラケット握り締め棄権のコールを黙して聞けり

私にはまとめられぬと女子キャプテン二代続けて辞められてしまう

不器用で上達遅い女生徒が「バド楽しい」と学級日誌に

前十字靭帯断裂してしまう生徒と本気で勝負をすれば
「夢を持て」われが言うより何倍も生徒らうなづくメダリストなら

ここに出せ

喫煙の男子二人の顔叩く　担任のわれ全霊込めて

このおれがやらねば誰がするという向かうしかない「校内暴力」

荒れ果てて年百人の謹慎の解決策をだれも語らぬ

体罰を必要悪と信じたりこの学校に秩序無ければ

わが息子を叩いた教師をここに出せ　老いた両親声震わせて

暴力で謹慎ならば先生も処分すべきだ　男子眉上げ

手を上げた生徒の家の玄関で謝り続ける台風の夜

優しいのか怖い人なのか分からない女生徒小声でわたしのことを

叩いたらあかんで親のこと思え　母に言われる帰省のたびに

誰なのか　わが体罰を取り上げて校長糾弾の手段にしたらし

大声でわがアパートに襲い来る者ありそれにも立ち向かうしか

爆竹の音のその後の闇の中聞き覚えのある声逃げてゆく

爆竹に近隣の灯が次々と点いて謝るわれのせいゆえ

卒業後真相わかる爆竹はマージャンの負けの罰ゲームだと

一人よがり、生徒理解が足りぬとか、手段を問わぬを若さといわれる

同僚の体罰事案が地方紙を大きく占めて目を覚ましたり
全国に「学級崩壊」広がるなか体罰禁止の通知出される

農場実習

姉二人に母にもしもの時頼み農業実習引率に出る

カラマツの防風林に囲まれた農家に一人女生徒預ける

「TPPしかたなかんべ」略農家は飲んで本音を吐露しまた飲む

その歴史暗記するまで聞かされる明治末年最後の入植

パイロットファームの牛舎に「FRONTIER」白いペンキがうっすら残る

この土地に酪農広めた政治家を組合長は「先生」と呼ぶ

担任が来れば生徒は照れ笑い実習農家の午後のひととき

実習の農家に叱られ逃げてきた生徒をなだめる頭なでつつ

酪農の実習生に馬橇説く老は一人で五町拓いた

中国人ベトナム人と白菜を運ぶ女生徒たくましく見ゆ

炎天下男子黙って草刈機の操作続ける汗もふかずに

おかっぱの髪の先まで緊張か品評会で牛引く生徒

ブラジルの農業研修参加する女子は農園開く夢持つ

よい子ですから

十月の日照雨《そばえ》に濡れし女生徒が相談に来る日曜の朝

そのミスを認められない女生徒は手をつけられぬほどの饒舌

推薦の入試に落ちた女子一人保健室にて休む五限目

男子ひとり海に入るは苦手だと生理の女子と貝殻拾う

アトピーでかさついた手を隠さずに彼女は体験入隊へ行く

敬礼の範を示して微笑めり海自《かいじ》は腕をたてて礼する

卒業式出席できぬと女生徒は大きなお腹をさすりつつ泣く

写真つき賀状の嬰児《みどりご》よく似てる黄金週間明けに産んだと

「子の意思を尊重したい」とのみ言いて転学願に母署名する

教え子の転校先の教頭に「よい子ですから」と頭を下げる

テスト前過呼吸になる女生徒が明日は受けると歯を食いしばる

スピーチでジェンダー批判の女子生徒スラックスにて颯爽と立つ

何事もやればできるという保護者に客観的なデータ伝えねば

不合格を告げし女生徒おどけつつスキップする背が小さくなりぬ

中退をばねにしてると胸を張るスーツの男を門まで送る

防災の無線に流れる死者名に教え子いないか手を止めて聞く

二階まで浸かりし家から来た生徒濡れたレポート出して笑えり

避難所より受験の生徒が合格の通知を持って飛びこんで来る

辻堂にあった地蔵の見つかりてボランティアの子歓声あげる

被災者のメンタルケアが大切とカウンセラーはずっと笑顔で

震災《はんしん》の時にどうしたか思い出す　地震台風大雪の時も

一輪のバラ

短パンになれぬ理由はこれですと新入生が火傷を見せる

クラス一明るい生徒が訴える食べられないこと孤独であること

五人姉妹の三番目ゆえに愛情が足りないのだと女生徒自分を

怒ること泣くこともなく十七の少女つまらぬと学び舎去りぬ

保健室に来ればこの子はいつも見る二号サイズの一輪のバラ

泣きながら「おもしろない」とガラス割る十七の子の右手の拳

女生徒がその不合理を訴える毎月初めの服装検査

大声で悪態ついて辞めし子が相談に来る週明けの午後

恋人に叩かれたことを言わぬ子の欠席続く進路を控え

人生に悩む力のある人は回復できるとカウンセラーは
ラジウムの光を浴びる教え子は「出家します」と頭まるめる
八時間の手術の経過を説明し　五十五針の跡を見せる子

病院の真白きベッドは今日もまた女子高生の髪を吸い取る

教え子が式に出たいと訴える大学病院南病棟

一年後ひとりのための卒業式　同級生が制服で来る

この子らを世の光に

ともかくは子どもといっしょに汗かこう　走り耕し相撲をとらん

小学部の男子高々と持ち上げればむずかり落ちる　まっさかさまに

驚いて声も出せずに興奮の男児を前に何もできない

外傷は無けれどそれゆえ尚怖い診断の下るまでの二時間

柔軟な子どもゆえか無事だった　父母に手を引かれ笑顔で戻る

障がいのある子の出場お願いです　走友会の会長に請う

三度請い市民駅伝に出場す　養護学校高等部チーム

自閉の子走り終えても興奮を抑えきれずに襷掲げる

子供らの走る姿を眼追う　ハンディ持つ児の父母祖父母たち

踏ん張って泥亀見入る女子生徒　作業学習ださあ立ちなさい

障がいを個性ととらえる教師らと真夜議論する声を張り上げ

「この子らを世の光に」と言いし人同じ山陰の優しき人なり

結婚の祝いの席では「高卒」で高校時代の恩師になれり

ダウン症の教え子からの電話あり四十二歳で独身ですと

雇い主に怒られたこと好きな人　ダウンちゃんの悩みの続く

舌足らずの彼女の生活そのすべて相槌打ちつつ杯傾ける

その母の声はすこぶる明るくて「作業所経営まだやってます」

回し者

着任式で大声発する列のありそれが私のクラスであった

自己紹介すれば直後に生徒らの「死ね、殺したる」の罵声を浴びる

暴れだす生徒はすべてをシブタニのせいだとイスと机を投げる

県教委の回し者だとわれのこと生徒はなぜか口をそろえて

わが首をつかむ生徒の挑発にのってしまえり　身体を投げる

防衛を体罰として断じられそれでも教師か辞めてしまえと

教室は戦場にして裁きの場ミスを許さぬ狙撃手のおり

審判を受けし生徒ら皆戻り不満はさらにわれに向かいぬ

弁護士は担任のわれを静止して校長だけに答え求めぬ

それならば施設に戻ってもらおうか　家裁調査官凄みをきかす

教育の自論を長く話した後息子を頼むと父親の立つ

生徒指導事案が続きわがクラス　実習ことごとく中止に決まる

責任をとりて坊主にしたわれを生徒黙って遠巻きに見る

「こいつなーわしらのことをちょっとだけ分かってきたんちゃうか」と生徒

笑顔にて話しかければにらめつけ「調子に乗んな」と朝礼の前

このおれは一体何ができるのだ　ずい分長くこの仕事して

出欠席授業部活に事務の処理　まして指導に自信持てない

深酒し寝汗をかいた夜明け前生徒とやりあう夢より覚める

動きましょう

うっとうしい、お前は消えろと言われても話さねばならぬ担任として

困難をパズルのように楽しめと元の上司に激励受ける

ホームルーム「なりたい大人」を描かせれば裸体のわれを上手に描けり

鉛筆を借せ借さんかい考査前我に求める声を荒げて

「先生に教えたるわ」と父親は生徒を扱う術を語りぬ

暴言は子どもと教師の潤滑油と言いて母親電話を切りぬ

わが意見にくみする者は一人のみ、クラス生徒の謹慎決まる

誠実にやれば生徒に通じるか　日本海の波押し寄せてくる

「動きましょう」まずはあなたが何かせよ若い教師にまた諭される

偏頭痛止めばクラスに問題が必ず起こる呼び出しのベル

言葉選びあたらずさわらず注意すれば生徒はわれを「甘い」と断ず

精神がもたぬとつぶやきしばし寝る通勤途上の路肩に寄せて

高校とはたとえば野戦病院か傷を負いたる生徒教師ら

三匹の蝉

この境遇一年続けば精神を病むと思いつつ一日を終える

研修会、カウンセリングの事例にはわが症状があまた出てくる

後頭部でセミが三匹鳴き始むクラス思えば夜明け前から

おれ自身この患者らの範疇か心療内科待合二時間

はすかいに構えた医者がメモを取る病の経過とクラスのことを

目をそらし「うつ病ですね」と老医師はつぶやいてすぐカルテを閉じる

会議中病気休暇に入ろうと考えてみる　ともかく避難だ

療養の休暇さえもとれないとわかりひたすら沈む水底

五限目の授業の前の立ちくらみ病はここから迷路に入る

突然に聴力失せし右耳に指突っ込んでみる何度も何度も

明確な病を一つ得てなぜか年度末までと割り切りやれる

しっかりできるか

生徒指導部長になれば生徒皆私の出方をうかがってくる

謹慎を決めかねるゆえ説教の「訓戒」処分ばかりが増える

体育館揺るがすほどの不平受く　ルーズソックス禁止告げれば

金髪のバイクの男を追い返せばまじめな女子が抗議してくる

「盗ってない」訴え続ける女生徒のその涙をもわれは疑う

父親は武蔵の『五輪書』読めと言う　暴力事案で謹慎の娘に

両親が聾唖者なれば泣けてくるタバコなんかを吸いやがって

筆談で息子をほめし母親に子の謹慎を告げねばならぬ

カッターで切り裂かれた靴握り締め女生徒わが前ただ立ち尽くす

喫煙の仲間の名前を明かさぬを声を張り上げまた責め立てる

生徒らに劣等感の克服の例えで植村直己を話す

校長のしっかりできるかの質問にためらう娘を母が見上げる

落ち着かぬ男子に相手の心境を考えさせて反省させる

プライドの高い女子には「たとえば」を三度使って納得させる

知性派の女性教師を呼び捨てる男子生徒の口が震える

それはうちの息子が悪いということか　われのひと言引きがねとなる

暴力にも理由があると母親は息子の非法をまだ認めない

学校は隠すつもりか第三者委員会開けと加害者の父

抗議する保護者の声の大きくなり若い担任過呼吸となる

シブタニに辞めさせられたとわれ知らぬ生徒が退学届けを出したと

振り返れば額に皺寄せ「見たんかい」空き缶を壁に投げつけた子が

生徒にも一分の理あれば苛立ちてさらに長々その非を論ず

いじめたと言うは一割、九割は被害者ですとアンケートすれば

今すぐに変えたいルールの違反者が見つかり謹慎にせねばならない

ルールにはないが指導がしやすいから謹慎にせよと主張する人

「日本もこの高校も法治です」指導のしやすさで処分はできぬ

「教育」を語る教授に聞いてみたい生徒と話したことはあるかと

セクハラとパワハラ禁止を説く上司、あなたは私をいじめたではないか

あの子とは別のクラスにしてくれと親の要求深夜に受ける

わしはのー土建屋じゃけー荒いでのー、生徒の祖父と膝つき合わす

「警察を呼んだ奴が気に入らん」「いやすいませんそれ私です」

政治家や教授の名前を並べ立てなんぼのもんやと突きつけられる

「あんたらは公務員やからわしらのことわからへんのや」に反論できぬ

うちの子にも

爪立てて顔かきむしれど救急車に乗らぬと言い張る過呼吸の子が

耳たぶを触るはセクハラ許せないピアスで注意の女生徒譲らず

的を射《い》た十項目の不作為の指摘を受けて頭を下げる

先生が謝るまでは休ませます保護者の口調さらに厳しく

うちの子にも悪い部分もありますが　母はそう言い声低くする

クレーマーなんかではないと言う親の髪振り乱した詰問受ける

謝るべき理由がないと部顧問はわが説得に腕組み崩さず

高校は見捨てるつもりか新しい父は電話で凄味きかしぬ

離れれば無視するなと言い近づけばウザイという子が過去話し出す

この子はね今が大切なんですよ初の担任にゆっくり諭す

午前四時教え子二人の事故の報　われを襲えりパトカーの音

夜の明けて名残り雪が血に染まる現場に「ＰＯＬＩＣＥ」の制服群れる

重体のはずの生徒の部屋の前すすり泣きいる母親のおり

数十の顔の擦り傷手当てされ眠れるように静かに寝ている

ひき逃げ犯逮捕の報の流れたり通夜直前のテレビのニュース

法医学検死の時間がまた延びて遺体なきまま通夜が始まる

級友はボタンをとめて靴を履き二列に並んで焼香に立つ

出棺によさこいソーラン流れれば学校祭の笑顔よみがえる

キョートー

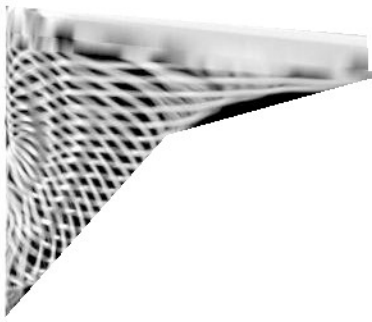

締め切りの迫る仕事に惑う時管理職への自信が揺らぐ

教頭のわが説明の不備　一点教務部長がおぎなう会議

テスト中けんか始まり担任が「キョートー、ケンジが暴れています」

新任は初の授業に興奮し「ごくせんみたい」と声を震わす

致死率が五割と騒ぐ新型のインフルエンザの患者見つかる

県からの指示を待てよと校長は即断求める職員諭す

定時制の教頭ですの自己紹介　それでほとんど伝わっている

不安なり　やらねばならぬ事の無い土曜日曜二日続けば

この子はなぜこの学校に来たのだろう勉強掃除がんばる子なれば

「キョートーさん、卓球しよう」金曜のミユキはなぜかいつも明るい

「キョートーよ　おいボウリングできるのか」言いて男子が投げるまねする

ストライクをとれば突然わが評価上がりキョートーに「センセー」がつく

団体の責任者として初めての修学旅行に緊張の増す

ガジュマルの日陰にて聴く語り部の声の震えて生徒ら黙す

キャラクター絵柄の避妊具女生徒が土産にもとめ見せに来たりぬ

食べられない皆と一緒になれないと女生徒吐露する真夜のロビーに

ピンク色の粉末消化器撒かれたりトイレ廊下にカウンセラー室

中学でも廊下で遊んで過したとミツオは寝転びケータイ見ている

フィリピンに母は帰れどタケシだけ日本に残り定時《ていじ》に通うと
ガス電気止められし部屋に女生徒は弟抱えて三日過ごした
数値化のすべてを否定したくなる生徒の生い立ち真夜に聞きつつ

「夢」「明日」の並ぶ夜の学校に「絆」加わる大地震《なえ》の後

中指でカギ穴探りＳＥＣＯＭの音無人の廊下に響かせ閉める

再考してから

職員の採点ミスの引責で「厳重注意」の懲戒受ける

プロジェクターのセットにあたふた手間取れば若い教師が助けてくれる

わが娘、同じ高校の全日で話題にされて口もきかない

保護者へのわが発言の逐一が職員室で話題にされる

一時間不満を五つ受けた後その同僚が謝りに来る

「退学はあいつを殺すことになる」若手教師の訴え浴びる

A校に断られたゆえ貴校にと転学希望の理由言われる

判断を迫られる時ディベートの癖あらわれて自己論争す

学校に非があるかどうか冷静に再考してから受話器を上げる

一年のまとめとしての文書には「検証」いくつも書かねばならぬ

管理職にたてつくことが民主的だと思いしころのわれもありたり

管理職を目指す人なく組合に入る人ない真面目な若手は

「円山川が危険水位を超えました」十年前の大禍甦る

父の五食を慌ててつくり避難所の設置に急ぐ合羽はおりて

高齢者はひとりふたりと集まりて体育館に散らばり眠る

風雨やみ朝迎えればひげを剃り体育館から出張に出る

眠ればいいのに

介錯をする気で起案に判を押す校長として辞令受けし日

四日目にバイクの死亡事故起こり亡がらとして初めて真向かう

始業式の前に黙祷一分間体育館にすすり泣く声

入学式くらいはじっとするんだぞ　一年一組一番君だ

離任者の紹介よろしく願います　司会の生徒会長さわやか

行事ごと済んだその夜は目の醒めて眠れないなぜ　眠ればいいのに

一限目すべき授業が思い出せず起きればそうだ校長だった

全国で七度優勝の著名なる監督われより先に礼する

ふり仮名のなければ表彰受ける子にこっそり聞いて名を読み上げる

センターにまつりあげられＡＫＢ恋する何やらその気で踊る

隣席の校務員さんが校長と間違えられる歓送迎会

年上の教頭の敬語時々はおぼつかなくて事務長もそう

わが原稿どういうわけか少しだけ変えて生徒に配られている

こちら側のどこが悪いかと思いつつ充実感あり謝りて後

加害ですか被害ですかと本庁の人事担当は結論から聞く

夜半起きて理屈を整理しなぜミスが起きたか何度も図に描いてみる

内外の人事でもめれば不整脈頻脈おこる　落ち着け心臓

右半分見えなくなりて五分後にその霧晴れる　一体なんだ

「病院に行ってください」事務長の訴えかわし会議に臨む

後で知る脳梗塞を起こしてた　教頭、校長なりて直後に

高校を一つ預かるだけなのに宰相の気持ちわかる気がする

民間では

的確な改善案を差し出しぬ若手教師は理路整然と

進路先や新設学科に触れないで県議はいじめのことのみを問う

教育委員が素人なればおそろしい何を問うやら予想つかない

「学校のマネジメント」を繰り返す校長研修講師の饒舌

告示済みの指導要領の要点を言いて帰りぬ文科のキャリア

わが顔を見れば「民間では違う」あいさつ代わりにいつも言う人

「学校の教師はあかん」「校長はもっとあかん」と村の飲み会

警察の捜査入りし教室に工事現場のテープの残る

登校を「侵入」なんて納得がいかぬと署への届け断る

法的な根拠求めればM署長、「教師の癖に」と怒って立ちぬ

「迷惑は上の人にはかけません」特例認可のようやくおりる

近隣の抗議と言えば本庁は細かく聞かず金を出したり

わが校の都合に合わせ非正規のまま働かせて良いのだろうか

それで君救いたいのかこの生徒　問えば担任黙してしまいぬ

役人の答弁のように上っ面なめて真意が伝わりますか

いろんな事できる人より生徒との関係つくれる教師でいて欲し

彼がまた校長われに声荒げ皆が黙りて会議の終わる

つるし上げくらいし夜に飲む酒が胃までゆっくりおさまっていく

校長さん話がありますとりあえず再発とだけ伝えておきます

そうですか私も心臓手術です休む前に教えてください

心臓の二度の手術を内緒にし身上書に強く「頑健」と記す

泣かされる

新しい校長はどれ　えっ　この人　まさかでしょうとフロアーの声

靴音に保護者の耳をひきつけてゆっくり礼するさあ式辞だぞ

男子生徒を叩きし女性の新任が涙流して謝罪に来たり

あーそうか元気があるなと三十年前の自分の失敗話す

先月からの不登校が三人とあわてぬ顔の報告受ける

いじめですいや暴力と言う前に事実をしっかり教えてください

あの人は分かった上でとりあえず少し反対しているんです

お子さんはいじめに加担したんです　録音されても父親に説く

二十年前の教え子の母親にその名を聞けずに話を合わす

シブタニさんよくやるなーと褒められる仕事でなくて炊事介護を

単身ゆえいつも手酌とわれ言えば女性校長ついでくれたり

このままだと廃校のおそれありますよ地元議員を前に切り出す

「十年後この高校はありますか」周年行事の講師冒頭に

敵がいる　どうしようもない少子化に学区拡大私学無償化

ＰＴＡと教師で食堂のリフォームす昭和の学食話題にしつつ

「父親のいない家だから頑張った」答辞の最後にまた泣かされる

来年の校内人事の案五つA三用紙をはみ出していく

コロナ禍で

それでもなお校歌だけは歌わせたい　式の前日訴え受ける

休校を当然視してセンバツはやるべきと説く大新聞が

春休み部活動の歓声が戻ってきたり　このまま続け

春嵐を耐えて桜の花びらが入学式を終えるまで咲く

昼前の今日六度目のメールにて二度目の臨時休校となる

北部には感染者まだ出てないが「県」のくくりで閉めるしかない

ジー・スイート、オンラインってどうするの職員室のにわか勉強

担任はカメラに向かい両手上げ元気ですかと朝礼始める

全校の一斉メールが役に立つ校長からの激励も入れ

自治会の新聞を見て着任者の顔を知りたりマスクのない顔

新任は授業せぬまま危機管理防災研修の報告書出す

六月の出張旅費が十分の一で済んだと事務の喜ぶ

顔のない感染症に惑わされこの秋までの予定が立たない

コロナへの対応に疲れ薬物に小学校長手を出したらし

グランドの蒲公英《たんぽぽ》の黄の目につきぬ臨時休業三月めとなり

コロナ禍の工夫は何か地元記者その一点を問い続けくる

朝練のトランペットの高い音　休校解除を街に知らせる

休校の遅れ取り戻す夏休み補習と模試を盆まで続ける

友の熱その原因が心配と女子三人が着信を待つ

県外への遠征禁止の通達が金曜夕方舞い込んで来た

記述式、外部試験をとりやめた共通テストはできるだろうか

拙速な制度改変に翻弄の現場の二年は報じられない

長崎まで来ても生徒を帰さねば濃厚接触の判定を受け

大会が中止のままに三年生、アルバムのためユニホーム着る

あたふたとする人画面に現れて少しやわらぐオンライン会議

不織布がまとわりついて話せない生徒減への対策会議

合併の是非を問う人手続きを尋ねる人も声を荒げる

生活すら厳しい家もあるだろう生徒ら九割進学するが

県教委の指導飛び越え県知事のばっさりとした要請届く

「コロナ禍で悔しい思い」のフレーズで涙出そうだ式辞の練習

卒業式生徒保護者の白色のマスク四百がわれに真向う

能ひとつ舞う

玄関に「夢はあるか」と掲げたり　最後に赴任のこの高校にも

唐突に英語で式辞を始めれど生徒の眼われを動かず

目標はコミュニケーション　演劇の手法を使い協働性も

この町の「売り」を舞台で表現の生徒は全身使って叫ぶ

先月のオリザさんよりおもしろい生徒のひそひそ聞こえてきたり

人権派の集会のビラに太字にて「前川喜平講義」って、なぜ

久々に集いし大学一年生それぞれ異なる言葉で話す

転入者に養父市《やぶし》八鹿町《ようかちょう》九鹿《くろく》だと学校所在地電話で伝える

新任に授業は舞台俳優になれと諭して能ひとつ舞う

辞めたいと思いし時の三度あり　若い教師にそのひとつ言う

賞の名も受賞者の名も間違えて知事は堂々座を保ちたり

挨拶の英語にざわつく中学生期待通りの反応うれしい

「知の力」生徒に学ぶことの意味熱く語りぬ永田和宏

澁谷さん私二時間話したの　力の入りし永田教授は

ウクライナの惨禍に触れて声つまる被爆男性の講義の最後

保護者らがいつのまにか若くなり幼く見えて定年迫る

退職前やっと不本意入学の共通一次の体験話す

卒業式、写真撮ろうとやって来る家庭謹慎に入れし三人

跋

松村正直

澁谷義人さんとは以前同じ短歌結社に所属していて、何度かお会いしたことがある。がっしりした体格と日に焼けた精悍な顔つきが印象的だった。二〇二〇年刊行の第一歌集『アジア放浪』はアジア各国を自転車で旅した歌が収められた異色の内容で、『アジア自転車の旅』という旅行記も出されていることを知った。

今回の第二歌集『ハイスクール』は、一転して作者の職場である学校が舞台である。教職の現場を詠んだ歌だけで構成されている。新人教師の時代から始まって、定時制高校や養護学校での勤務、さらには教頭や校長という管理職になるまでの三十八年の教職生活の歌が収められている。それ以外の日常詠や自然詠、時事詠などは一切ない。その潔さにまず目を引かれる。

歌の印象はと言えば、上手な歌という感じではない。修辞を効かせて味わいを深めるような詠み方はしていない。無骨なまでに真っ直ぐで力強い歌が多く、作者の姿がずっしりと伝わってくる。生き方や考え方がそのまま歌となって表れていると言っていい。それこそが澁谷にとっての短歌なのだ。気の利いたフレーズが持てはやされる近年の短歌の動向に流されることなく、自らの姿勢を貫き続けている。

ピンク色のバイク飛ばして中退生、新人教師を値踏みに来たり
曇りガラスの「シブタニやめろ」の落書きに気付かぬ振りして授業進める
自己紹介すれば直後に生徒らの「死ね、殺したる」の罵声を浴びる
うっとうしい、お前は消えろと言われても話さねばならぬ担任として

歌に詠まれているのは、和やかで心温まる世界ではない。教師と生徒が激しくぶつかり合い、暴力やいじめや学級崩壊など様々な問題が起きる現場である。夢を抱いて教師になった作者は、理想と現実の違いをまざまざと痛感させられたことだろう。生徒から罵られ、拒絶され、穏やかな気持ちではいられない。それでも、教師として「話さねばならぬ」という責任感や使命感を持って、日々の仕事に取り組むのである。

喫煙の男子二人の顔叩く　担任のわれ全霊込めて
体罰を必要悪と信じたりこの学校に秩序無ければ
わが首をつかむ生徒の挑発にのってしまえり　身体を投げる
耳たぶを触るはセクハラ許せないピアスで注意の女生徒譲らず

熱すぎる指導は時に問題になることもある。体罰やセクハラ・パワハラなどの問題は、近年社会的にも大きく取り上げられるようになった。そうした時代の変化が学校現場にも影響を及ぼしている。生徒が手を出してきても、教師が手を出すことは許されない。「全霊込めて」や「必要悪」といった説明も今では通用しなくなった。けれども、それでは一体どうすればいいのかという明確な答えがあるわけではない。すべては現場の教員に任され、負担が増していくばかりなのだ。

それはうちの息子が悪いということか　われのひと言引きがねとなる
抗議する保護者の声の大きくなり若い担任過呼吸となる
あの子とは別のクラスにしてくれと親の要求深夜に受ける

先生が謝るまでは休ませます保護者の口調さらに厳しく

二〇〇〇年代以降、理不尽な要求を突き付けてくる保護者、いわゆるモンスターペアレントの問題も顕在化するようになった。かつては聖職とも呼ばれ人々の尊敬や信頼を得ていた教師が、今では槍玉に挙げられるようになっている。生徒からも保護者からもマスコミからも責め立てられ、どんどん疲弊していく。心を病んで休職する教員が年々増加し、教員志望の若者が減っている現状も報じられるようになった。

新任は初の授業に興奮し「ごくせんみたい」と声を震わす

「ごくせん」は漫画を原作にしたテレビドラマで、仲間由紀恵演じる教師が颯爽と活躍する姿が人気を呼んだ。古くは「熱中時代」や「三年B組金八先生」から「スクールウォーズ」「GTO」など、教師や学校を描いたドラマは数多くある。そこでも様々な問題が起きるが、たいていは主人公の熱意によって無事に解決しハッピーエンドを迎える。けれども、現実の学校はそんなにうまく行くことばかりではない。熱意が通じないこともあるし、空回りしてしまうこともある。

誠実にやれば生徒に通じるか　日本海の波押し寄せてくる
「盗ってない」訴え続ける女生徒のその涙をもわれは疑う
高校とはたとえば野戦病院か傷を負いたる生徒教師ら
後頭部でセミが三匹鳴き始むクラス思えば夜明け前から

誠実さはもちろん大切であるが、それですべてが丸く収まるほど甘い世界ではない。時には生徒の言葉さえ疑わなければならないこともある。本当なら生徒のことをまず信じるべき教員として、そうした自分の態度が嫌になることもあるだろう。ストレスが溜まり、いつしか心身に不調をきたすようにもなる。「野戦病院」という比喩が、何とも切実だ。そこでは生徒も教師も同じように傷ついているのである。

問題を起こす生徒とそれを抑え込もうとする教師。でも、本当の原因はもっと別のところにあるのかもしれない。親や家庭の問題もあるだろう。地域や社会の問題もあるだろう。マスコミや国の教育行政の問題もある。そうした様々なところで生じている問題のしわ寄せが、学校現場に如実な形で現れているのだ。

「教育」を語る教授に聞いてみたい生徒と話したことはあるかと

「学校の教師はあかん」「校長はもっとあかん」と村の飲み会

休校を当然視してセンバツはやるべきと説く大新聞が

賞の名も受賞者の名も間違えて知事は堂々座を保ちたり

高みに立って教育について論じるのは簡単だが、生徒も教師も生身の人間である。机上の論でさばけるようなものではない。わかったような教育論を得意そうに述べる大学教授も、学校の批判だけして留飲を下げている村の人々も、コロナ禍による休校には何も言わずセンバツ（選抜高等学校野球大会）の開催を主張するマスコミも、名前を間違えて平気な顔をしている知事も、作者は正面からはっきりと批判する。大人たちがそれぞれの立場でするべきことをきちんと行わず責任を果たしていないから、学校現場が大変な状況に追い込まれているのだ。

まだ会わぬ生徒を想い書きつづる学級新聞「海鳴一号」

営業の教え子まことに饒舌であの朴訥なカトウと思えぬ
フィリピンに母は帰れどタケシだけ日本に残り定時（ていじ）定時《ていじ》に通うと
ふり仮名のなければ表彰受ける子にこっそり聞いて名を読み上げる

作者の熱意の源にあるのは、「カトウ」や「タケシ」など一人一人の生徒のことを考え、全身で受け止め、その将来を思う心だろう。新学期を迎える前に学級新聞を書いた若い頃のような情熱を、作者はいつまでも忘れることなく持ち続けているのだ。校長になって表彰状を渡す立場になっても、生徒の名前を間違えないように心を配る。先ほどのぞんざいな知事の態度との違いは一目瞭然だろう。

三百の新入生に問いかける青春賭ける夢はあるかと

巻頭に置かれたこの歌に、作者の最も訴えたい思いが込められている。自分のやりたいことや好きなこと、叶えたい夢があれば、それは大きな力になる。そして、ひいては人生を切り開く原動力にもなっていく。勉強も部活も生活の規則も大切だけれど、何よりも大事なのは夢なのだ。

現代は子どもたちが夢を持ちにくい時代、夢を持つことを諦めてしまう時代なのかもしれない。それは学校だけの問題でなく、広く社会全般の抱える深刻な課題と言っていいだろう。この歌集は一人の教師の体験を通じて、そうした現状を私たち一人一人に鋭く問い掛けてくるのである。

教職卒業にあたって

長い教職生活を終えましたが、何一つ誇れる成果はありません。ただ、平均的な教師より、より多くの地域、校種、課程の学校に勤務し、常にその学校の課題に向き合ってきたという自負はあります。その分、多くの人に迷惑をかけたことも間違いを犯したこともあると思います。思い出して、今更ながら反省しています。

そうした生徒や保護者そして地域や教育行政との愛情や緊張や軋轢を詠った歌を、二年間の再任用を終え今世に出すことにしました。もう二度と戻れない職場ですが、短歌の中でその一瞬一瞬をかみしめるときが来るかもしれません。それは短歌という詩形でしか表現できない一瞬一瞬のような気がするのです。

同僚、家族、塔短歌会や地元但馬の短歌会、跋と帯を書いて下さった松村正直様、出版社の牧歌舎様、三十八年の私の教職人生を短歌に表現することにご協力くださったすべての方々に御礼を申し上げたいと思います。

令和五年八月　　澁谷義人

澁谷義人第二歌集　ハイスクール　塔21世紀叢書第430篇

2023年8月24日　初版第1刷発行
著　者　澁谷義人
〒669-5354　兵庫県豊岡市日高町観音寺830-1
発行所　株式会社牧歌舎
〒664-0858　兵庫県伊丹市西台1-6-13 伊丹コアビル3F
TEL.072-785-7240　FAX.072-785-7340
http://bokkasha.com　代表者：竹林哲己
発売元　株式会社星雲社（共同出版社・流通責任出版社）
〒112-0005　東京都文京区水道1-3-30
TEL.03-3868-3275　FAX.03-3868-6588
印刷製本　シナノ印刷株式会社

ISBN 978-4-434-32551-9　C0092